日溜まりの中の灰

戸田和樹

竹林館

戸田和樹詩集　日溜まりの中の灰

目次

I

Ⅱ

III

Ⅳ

カバー・表紙画　水谷天音

詩集

日溜まりの中の灰

I

鰯を焼いた日

鰯を焼いた日
家族はみんな
風邪で寝込んでいた

七輪の上で反り返る
鰯の腹から
煙になるはずの油が滴り落ちていた

雪が降っていた
誰も食べもしない鰯の目に
一本の太い藁が突き刺さり
外れたような鰯の顎めがけて

白い雪が降っていた
涙目になって
鰯の口先で豆をまいた
　おにはそと
　　ふくはうち
すると
股間から腹の中に
赤い鬼が
一匹
飛び込んできた

お葬式

プールの横の楠の木陰に
黒い葬列ができている
寿命を全うしたクマゼミを送る
忙しくて
長い葬儀の列

口々に
手を咥え
足を咥え
肉をちぎり
内臓を引き裂く
こうしてクマゼミが

生きていたということを
分解していく

死んだことへの喜びの声
空は真っ青
大地の恵み
ぼくは
純真無垢ではいられない

やがて
空洞になった腹の中に
真っ赤に燃える
夏の
夕焼け

天国に

子どもが
飛行機だと言って
両手を広げ片足立ちしている
なるほど
左右に揺れる姿は
まさに大空を行く飛行機
絶妙なバランスだ

おじいさんが
片方ずつ足を持ち上げ
足踏みしている
ゆっくりと

腰に負担がかからぬように
前に少し傾きながら

何をしているのかじっと見つめる
その視線に気づいてか
そのかっこうのままよろよろ歩き出す
足踏みのついでに

あれは
きっと
飛行機の離陸体勢
両手を後ろにやって助走して
ほら
そろりそろり
今にも飛び立とうとしている
天国に

スキップ

カップルが
腕を組んで歩いている
何の因果かしらんが
わしは
その後ろを歩いている
若い二人の
跳ねるようなリズムが
空気の流れを作って
わしの体の脇を通り過ぎていく

むかし
老夫婦が腕を組んで

スキップしながら
楽しそうに歩いているコマーシャルが
あったなあ
あれは
大層無理してると思ったもんやが

二人が
だんだんとわしから遠ざかる
その姿を見送りながら
石畳のちょいとした高低で
躓いて
よろけて

ああ
なんたるスキップ

日溜まり

老人が
日溜まりから
両手いっぱいに秋の陽を掬い取り
口元に近づけては飲む仕草をしている
それを飽きもせんと繰り返す

呆けたか
わしは思う

わしは
木陰のベンチに座り
空を仰いでは雲の行方を確かめて

陽が翳ったらどうしよるやろと
老人の様子を見つめている

時折
老人と目が合うたりする
会釈ともとれない会釈を交わし
わしと老人は
ぼーっと
同じ姿勢で
かたや陽を飲む仕草を繰り返し
かたや老人と空を交互に見つめる

互いのことを
わずかばかりにあわれみながら

もにゃもにゃ

テレビを見ていてほろっとしていると
傍らで
同じように
ほろっとしているばあさんがいた
啜るつもりもない洟啜って
拭くつもりもない涙拭いて
何か言いたげな顔つきで
顔を見合わせる

けど何も言えんかった
ことばが出てこず
お互いに

口の中でもにゃもにゃ言うて
照れ笑いして

長い年月が流れたんやなあ
知らんうちに

一人娘が「結婚する」言うて
家を出て行った時でさえ
しゃきしゃきと娘の準備を手伝っていた
ばあさんが

すっかり暗くなった居間に二人
炬燵に足をつっこんで
呆けたようにテレビを見ている

参観日

孫の参観日に
ばあさんと二人出かけた
一時間も前に学校に着いた

校門で警備員に止められて
「けっして怪しいもんやありまへん」
いうて入れてもろたけど
まだ父親母親
誰も来ている様子もなく
空いている教室の椅子に腰掛けてたら
男の先生に
「どちら様でしょうか」

て聞かれて仰天した

給食中の孫の教室を覗いたら
孫が飛び出してきて
「あかんやんか」
いうておこられるし
せんかたなしに
校庭の枝をはらわれた銀杏の木の下で
二人ぼんやり秋の空をながめてた
そしたら
ひらりひらり
黄色い銀杏の葉っぱが落ちてきた
見上げると数枚の葉を残した細枝一つ

給食時間の楽し気な音楽が
誰もいない校庭を満たしていた

人格

己を
奮い立たせる言葉がある

小学校の先生は
「はい」
と言葉を添える
その瞬間
子どもたちは
はっと顔を上げ
先生は目ざとく
顔を上げない二・三人を見つける

話の途中に「まあ」と
言葉を挟む人もいる
話のリズムが崩れないように
「まあ」で調子を整える
その人の緊張加減が
「まあ」
の回数に表れる

「ええ」
と延ばして
話し始める人もいる
少しばかり偉そうに
次の言葉を探す素振りをして

どれも
「よっこらしょ」

と同じほどの
己を奮い立たせる言葉だが
誰ひとりとして
「よっこらしょ」
とは言い換えない
それぞれに
それぞれのプライドが邪魔をして

老人が
「よっこらしょ」
とベンチから腰を上げる
人格と言えるほどのものでもない
長く生きた人としての
格を携えて

美しい夕陽

最期のことばが
「ありがとう」
父がそう言ったという
美談は残されたものたちが作り上げる
そんな安もんの美しさには
すぐに黴が生えた

一年もたてばあんなこともあった
こんなこともあった
と反論しない父の
いわば根も葉もない話で盛り上がる
そして

チン
と笑いながら手を合わせる

ぼくはそんな集まりには入らない
ふだん誰もやってこない父の墓前で
その日の
最も美しい夕陽を浴びながら
いつもと同じみすぼらしさのまま
長い影になる

やがて
真っ赤な夕陽が
掌から
ことんと落ちる

寿命

イギリス全土でロックダウンをした
ドイツのメルケル女史は
涙ながらに国民に訴えた
「特に若い人たちに言いたい
無責任にウィルスを拡散しているのは
あなたたちだ
その意識をもって行動を慎んでほしい
あなたたちにも
国や国民を守る義務がある」

日本の東京近辺では
ようやく緊急事態宣言が出された

「緊急事態宣言を出しても
　その効果はあまり期待できない
　ＧＯ　ＴＯを止めることには躊躇する」
と
与党重鎮に忖度する政治家たち
飲食店の時間制限と国民の理解だけが命綱で
それは国の責任ではなく
地方公共団体の長が決めることだと
ならば
この国の政治家たちは何を担うというのか

国民を欺くように会食を伴った会議を開き
すっぱ抜かれた後にそれらしき反省の弁を述べる
国民の協力と理解が何より大切だと
経済の冷え込みを恐れ
なんとか切りぬけられないかと

断を下せずにいる間に感染は広がり続けた

イギリスやドイツは
経済の冷え込みよりも人命の方に舵を切った
企業や小売りの商店、飲食店、交通に関わる
人たちの痛みを心に刻んで
国民の命と国の行く末を慮り決断をする
それが国を担う政治家の本来の務めではないか

そんな社会情勢の中で
健康な年寄りは
一人マンションの一室にこもって
生きるために残された年数を数えている

II

春のメロディー

雲雀が青い空を突き破る
破れ穴から春が駆け下りる
春は薄いカーディガンをまとい
柔らかにオルガンを奏でながら
海を越え
山を越え
野原を越え
町の家々の屋根を飛び越え
細い路地を曲がって
ぼくの家の
小さな庭の
若々しい桃の枝先に

ちりんと紅い花を咲かせた

飼い猫の「たま」は
ぼくの膝の上で黒い耳をたて
降り注ぐ春のメロディーを聞いている
時折
桃の花の音符が耳の産毛に絡まるのか
耳をピクピク動かしている
地下鉄に乗って出かける動物園の
狭いキリン舎の中
今年生まれたキリンの赤ちゃんの耳にも
日本の春のメロディーは
届いているだろうか

夏色の風

海の家は昔と同じように立っていた
高さ五メートルばかりの段丘の下
吹き付ける海風は
そこで舞い上がり渦を巻く
こぶし大の岩を十数個重し代わりに置いた
トタン葺きのヘラヘラ屋根は
驚いてばたばたと身体をばたつかせる

そのトタン屋根には
いくつもの小さな穴が開いている
かつてどこかの屋根に
取り付けられていた痕跡なのか

それとも
どこかの塀で
一時代を過ごしてきた跡なのか
その開いた穴から入る陽の光は
床に淡い水玉模様を作り
トタン屋根がばたつくたびに揺らめいて
膨らんだり縮んだりした

小さな娘は海につかれて眠っていた
光の水玉は
娘を包んだタオルの上を
行ったり来たりする
安らかに寝入る娘の呼吸が
水玉を動かすのだ
ことばを知らない娘の身体ごとの表現を
夏色の風が包んでいた

ぼくは
あの時吹いていた風を探しに来たのだ
やさしく娘を包んだ
夏色の風
海を望めば
娘はすらりと伸びた足を蹴りながら
沖に向かってクロールしている

坂

すり鉢状の谷底に眠る人々がいる
かつて
この地に異文化を運んできた人々
秦氏ゆかりの小さな円墳が
緑の中に埋もれている
大枝山(おおえやま)古墳群と呼ばれる一画

西に老の坂（大枝の坂）
東に桂川（葛川*）
大和と丹波をつなぐ交通の要所
旧山陰道は
ここ大枝の里から

西に連なる険しい山々へと
その道を延ばしていた

丹波は丹後王国と関わり深く
大枝山をはじめとする京都西山の峰々は
大和朝廷の勢力さえ阻んでいたが
人は坂を上り
坂を越え
生活空間を広げていった

「坂の向こうには異界がある」
昔から京都ではそう言われている
死者が葬られた化野（あだしの）や鳥辺野（とりべの）も
坂の奥に作られた
祇園という異界の芸妓たちは
鳥辺野に構える小さな花屋で

貝の容器にはいった髪油を買い
花街にもどっていくと言われている
老いを髪油で隠した花街の女の生きる空間は
艶やかに色づいて悲しくもある

人は
暮らしの悲しさを引きずりながら
坂を上り
坂を越える
この小さな古墳群に眠る人々も
そうして坂を越えてきただろうか

春一日
古墳に続く道を娘と歩く
あれはホトケノザ
そっちで咲いているのはシャガ

すり鉢の底から西の山々を見上げれば
空の彼方で雲雀が鳴いている
老の坂に煙のような桜が見える
幼い頃
父と二人見ていた坂は
すでに時空の彼方に遠ざかった

だが
娘と私の暮らしの向こうにも
見えない坂がある
娘はいつしかその坂を越え
一人遊ぶようになった

＊秦氏は、京都に葛野・太秦という土地を作った。

歯ブラシ

新婚当時
二人の歯ブラシは
歯ブラシ五本立てられる歯ブラシケースの
真ん中で寄り添っていた

娘が生まれ
小さな歯が生えた時
娘の歯ブラシは
二人の間にちょこんと挟まった
母になった妻は
少しばかりぼくの話を遠くに聞くようになり
父になったぼくは

娘の成長に目を細めた

娘が小学生になった頃
ぼくの歯ブラシは歯ブラシケースの左端に
妻の歯ブラシは右端に
娘の歯ブラシは左右に一本分の間をとって
自分の位置をしっかりもった

中学生になった娘と同性の妻と
そんな時代が来て
家の中に居場所を失ったぼくへの
娘の小さな心遣いは
左に傾くピンクの歯ブラシ

娘が大人になり
夫婦二人寄り添わなくては生きていけない時

ぼくと妻は
ぼくたちの間に
やっぱり娘の歯ブラシを置いているだろう
ぼくの両親がしていたように

娘は素知らぬ顔をしてその歯ブラシを使い
僅かばかり左に傾けて歯ブラシを返す
そうした娘の小さな癖を見つけて
ぼくと妻は喜ぶ

親孝行は
その程度がいい

父を恋ふる文字

「てが　くすぐっとうて
じが　じょうずにかけへん」
雪を触った後
孫娘が言う
それを
「か・じ・か・む」
って言うんやで

頼りない手の感覚は
昔
伊吹颪（いぶきおろし）の吹く故郷の土地
使わなくなった桑畑で

皸（あかぎれ）した手の甲を撫でながら
桑の木を掘り起こした感覚と似ている

絹は合繊に取って代わられ
百姓はみな桑畑を捨てた時代があった
父は百姓を捨て遠い町に働きに出た
月に一度
いや月に二度
ぼくは拙い文字で父に手紙を書いた
悴（かじか）む手で書く「し」の文字は
妙に長く歪んでいた
半年ぶりに帰った父は
「お前の手紙の『し』の文字は
　ぶるぶる震えているなあ」
と笑った
笑う父の赤銅色に日焼けした顔

その顔に刻まれた皺から滲み出る
小作農の寂しさ

故郷に
空っ風が吹く
空っ風に吹かれて
故郷も父も細っていく
細ったものを握ろうとして手が悴むのだ
悴んだ手をいつも
やさしく母が包んでくれていた

初蝉

裏の山田さんのお爺さんが亡くなられたのは
六月もまだ早い梅雨に入る前のことだった
それまでお元気だったが
世の中自粛続きで毎朝の散歩もままならず
家に閉じこもる生活を続けておられたのだが
そうした日々が堪えたのだろう

戦争が終わって
中国から引き揚げて来られたご両親
なかなか内地の暮らしに馴染めず
青年時代はあちこちを点々として
様々な職についてきたとおっしゃっていた

それでも隠居をされた後は悠々自適
時々家の前を通りかかると声をかけられ
今詠んだ俳句だがどうかと批評を請われる
こちらは俳句の専門家ではないものの
面白がって勝手な解釈を話したりもしていた

その主のいなくなった家の庭から
今年初めての蝉が鳴き出した
辺りを窺うように
ジ　ジー　ジーと
長い間土の下で暮らしてきたのだから
土の上の世界が
こんなに悲惨な状況になっているのを
知る由もないのだが
見知らぬ感染症が蔓延(はびこ)り
大雨でたくさんの被災者が出たことを

心配するかのように
鳴き出してはすぐに鳴き止んでしまう

あれはきっと山田さんのお爺さんの魂が
この世に言い残しておきたかったことを
口ずさんでいるのではあるまいか
そのうちに仲間と連れだって
あの世の声で
シャーシャーシャーと
鳴き出すに違いない

閉店

源さんが店を閉めるという
終戦後の瓦礫の中から立ち上げた店や
安いホルモンと焼き肉が人気で
いつも煙と肉の焼けた香りが
立ち込める店やった
狭い店内では客が肩寄せ合い
ひしめき合って酒をあおる
どうでもええことを真面目な顔して話し合う
時に怒鳴り合い　時に笑い合う
そんな庶民の店やった

その店の最後の夜更けに

貧乏人のそれも年寄りの常連が数人
カウンターに並んだ
社会が非常事態
自粛自粛と声高に叫ばれ
午後八時には店を閉めんならん
それでは商売にならんと
飲み屋の主はみんな思うのだが
誰に
どこにその不満を申し出たらええのんか
元をたどれば相手は人間ではないんやから
と源さんは言う
「この店を引き受けさせてもうて、もう五十年。
これが潮時やと神さんが言うてるんや」
わしらは閉まってしまったシャッターを
無理やりこじ開けて店内に入ったが
「閉店祝いに三密で仲ようしまっせ」

と笑いながら
みんな寂しそうに酒をくらった
源さんの店は貧乏人の
それも年寄りの避難所やったんやな

店を後にする時
源さんは腰を深う曲げて
わしらにお辞儀してくれはった
お月さんが
人通りの途絶えた汚れた町を
青白う照らしていた

柘榴

幼い頃過ごした借家の庭に古い井戸があった
その井戸の周りに花茣蓙を敷いて
大家の子たちと一緒に
よくママゴト遊びをしたものだ
若い母はその近くで
洗濯盥に井戸水を汲み洗濯をしていた
その庭には歪んだ柘榴の木が植えられていて
秋になるとたくさんの実をつけ
ルビーのような種がこぼれ落ちた
それを口にほおばると
甘酸っぱい汁が口の中に広がる
戦後のまだ食料が乏しかった時代

甘いものを口に入れる喜びを
柘榴の実に託していたのだ
幼い子ども時代のことを思い出そうとする時
その古井戸と柘榴の木のことから
思い返されるのはなぜだろうか

ぼくはその井戸の中から
たくさんの蛍が飛び出す夢をよく見た
飛び出してきた蛍を一匹ずつ捕まえては
井戸の中に帰してやる
捕まえた蛍の赤い灯が掌の中で点滅し
それを井戸に帰していくと
暗い井戸の奥底から
ボーボーボー
と不思議な音が返ってくる
そんな朝には

古いエレベーターに乗った時の
ふわりと体が浮くような何とも言えない
感覚が必ず体に残っていた
あの赤い灯の蛍たちは
井戸の底からやってきたのではなく
ぼくの生まれる前の知らない昔から
井戸を伝ってやってきたのではないのか
ぼくは時々そんな思いに押され
井戸の縁に立って井戸の底を覗き込んだ
すると
母の手が突然ぼくの首根っこを捕まえて
「落ちたらこわいよ」
と言うのだった

青年時代にはその蛍の夢は
一度も見たことがない

けれど老いたこの頃の夢の中に
見覚えのある借家の庭が再び登場しはじめ
赤い灯の蛍がふわふわと飛ぶようになった
あの古ぼけた井戸から
蛍が一匹二匹と飛び出してきては
ぼくの何かを探るように飛び交うのだ
ぼくは井戸の縁に座って
それをぼんやり眺めている
すると古井戸の傍の柘榴の木に花が咲き
いつの間にかぼくは
頬を膨らませたような柘榴の実になっている
その実が弾けると蛍の赤い灯が
透き通るような紅色の柘榴の種になって
古井戸の中に一粒二粒と落ちていくのだった

灯台がある町

雨は宙で煙を上げ
叩きつけるように降り出した
路面から跳ね上がる飛沫
逃げまどう傘の群れ
時折の稲光(いなびかり)が
遅れてやってくる雷鳴とともに
ガラス窓に映る町を流していく
女はそんな風景を携えて喫茶店の扉を開けた
　――白い灯台が水しぶきを上げて
　　景色に解け込むのを見たのよ

「灯台が　解けるのか」

ぼくの脳裏に
雨の勢いに白く崩れる灯台が浮かんできた
ぼくはその時までビール片手に
過ぎいく時の流れに身を任せていたのだ
セーラー服の女子高生たちがコンビニに入り
しばらくするとスイーツを手に出て来たり
急ぎ足の婦人が
知り合いにでも出会ったのか
戸惑いがちな表情で挨拶していたり
陸に上がっている漁師が
鄙(ひな)びたパチンコ屋の待合で居眠りしていたり
――灯台の向こうに見えるはずの海が
　乳白色の波音だけになっているのよ
女は熱いコーヒーを手にしている
濡れた衣服から白い肌が透けて見える
ぼくと同じ観光客だろうか

——何もかもが消えた土砂降りの雨の中に
私だけが取り残されているという感覚が
面白かったわ

ぼくは岬の突端に繋がる赤字電車に乗って
過ぎ去った青春時代の思い出を
確かめに来たのだ
あの頃と変わらない何かを探し求めて
恋人が住んでいた町
かつて一緒に歩いた赤茶けた砂地の道
青い海を背景に立つ白い灯台
——灯台から見える夕陽がきれいなの
あなたと一緒に見たいと思って

女の話を聞いている初老の男の影が
黙って頷いている

白髪の
どこかで見たような猫背の後ろ姿に
ぎょっとして
自分の窓映りの顔を見直してみる
糸を引くように降り続く雨の向こうに
灰色に煙る灯台の先端がわずかに見えている

廃船

港に潰れた船が放置してある
塗られていたはずのペンキは剥げ
赤錆が浮いている
けれど
錨をおろし
船の威厳をとどめているのが
老いた私には愛おしい

廃船を繋ぐ淋しい桟橋からは
のんびりと朝日が昇る
カモメは風を切るように羽を広げて飛ぶ
海は穏やかだ

見ろ
朝の港を
小さな船も大きな船も
生き生きと動いているじゃないか
行き交う船がつくる白い波の線
汽笛は喜びの歌声だ
飛行機雲が真っ青な空を横切る
小魚が廃船の下を群れて泳ぐ
鋼鉄の線路が駅に向かって続き
その上を無表情な電車がガタゴト走る
生きていることは
こういうことなのだとでも言うように

しかし廃船は私に語りかける
「在る」ということは
「無い」ということなのだと

早朝に電車に乗り
ガラス窓に反射する日光を背中に受け
働いて
働いて
闇雲に働き続けて
それが当然なことだと
胸を張って生きていたことも
自分の存在を証明するものではなかったのだと

廃船は
港に繋がれたまま海を見ている
私は廃船に向かって頷く
「おまえの　言うとおりだったよ」
私は港の向こうの
見えない海に目を向ける

投身の海

その国の
あの場所に
海はなかったが
あの場所の
見えない岬にある玻璃（はり）の断崖から
次々と女たちが身を投げているというのだ

かつて沖縄の喜屋武岬（きゃんみさき）に散った女たちのように
追いつめられる命
迫りくる黒い炎に白旗を振れば
その時から未来は敵の手に落ちてしまう
ならばせめて自分の死くらいは

自らの手で決めたいと覚悟した投身
女たちは温かいスープと
太編みのセーターの代わりに
冷たい銃と爆薬を持った

いつの時だって戦争は
ある日突然土足で国境を踏み越えてくる
平穏だった空も海も日常も
錆びた鉄の塊で覆われる
一九四五年の沖縄の女たちの時間が
止まったままであるように
その国の女たちの二〇二二年の時計は
ピクリとも動こうとはしない

醜い戦争は八十年も前にその役割を終え
時代に命を捧げた男たちと共に

深い海の底に沈んでいるはずだったのに
だが
時折泡沫（うたかた）のように淡い光を帯び
あちこちの国の国境辺りを蠢く風になる
風は兵士を募り
錆色の武器を国境に積ませる
それは堰を切ったように押し寄せ
熱い塊となって
無抵抗の人々を蹴散らし圧し潰し
力とはこれほど冷徹なものだと言うように
その国の人々を蹂躙する

今
時の風に乗って
思想　民族　宗教　政治　歴史
人間の作ったおぞましい境界線を飛び越えた

投身する女たちの叫び声が
聞こえてきはしないか
防空壕の壁に描かれた青色と黄色の旗が
見えてきはしないか

棚田暮色

遥か遠くに望む瀬戸の海に
夕陽が沈もうとしている
棚田に連なる細い畦は
数多の蛇のごとくその姿をくねらせながら
水に映る色を深くしていく
あるものは山に向かって鎌首をもたげ
あるものは海の方角に雪崩れるように
山裾が谷に落ち込む急斜面
入り組む小さな田の群れは
争うように夕闇の底に
落ちようとしている

中山の千枚田
島の人々はそう呼んできた
湯船山から下る急峻な土地に広がる
階段状の小さな田の群れは
山を削り
石を積み上げ
生活の糧を得ようとした人々の命の歴史だ
山から湧き出す美しい水に焦がれて
人々はこの地に村を開き
その水を集めて水田を作った
平地の少ない小豆島の立地条件と
出来上がった田の不定型さは
農作業の合理化を拒んだに違いない
だがそれ故に
農家の人々が手塩に掛けた
美味しい米は育っていく

夏至から数えて十一日目の半夏生
中山千枚田では「虫送り」の行事が行われる
村の子どもたちが
火手（ほて）と呼ばれる松明を田んぼに翳（かざ）し
「稲虫来るなー」
と声をかけながら畦道を歩くのだ
荒（あら）神社と湯舟山から出発した二つの火手の列は
急な斜面をゆっくり交わりながら下っていく
「とーもーせ、ともせ」のかけ声が
宵闇迫る棚田に響き渡る
暗い中をゆらゆら揺れながら進む炎
水田に映る炎の列が
来るべき夏を呼んでくる
虫送りがおわれば
気の早い夏蝉が鳴き出すだろう

千枚田に
夜の帳が下りようとしている
暮れ方と夜の間に浮き立つ幾何学模様
果たして
棚田が空の闇に解けるのか
棚田の闇が空を解かすのか

Ⅲ

狐の嫁入り

りりりーん　りーん　りりりりーん
かちっ
りりりりーん　りりーん　りりりりりーん
かちっ

連なる三つの鈴の音を
「かちっ」と一つの拍子木が締める
鳥辺野に連なる「ねねの道」を
嫁入り行列はゆっくり進む
人力車の中の白無垢の
綿帽子を被った美しい花嫁は
狐の面を右の手に持ち
己の顔を隠している

鳥辺野は
平安の都の風葬地
狐火がよく見られたというその墓地の中に
かつて一軒の花屋があり
供花を売るその看板には
「たまのよ　志らがぞめ」
の二行の文字があったという
古くから花街の芸妓たちが
誰にも知られることなく
通っていたその花屋の蛤貝は
老いることを恐れ
老いることから逃れようとした女たちの
業を背負っていた
蛤貝の中の髪油が負っていたものは
切っても切れない花街の女の宿命

鳥辺野に通う己の姿を
見られてはいけない
知られてはいけない女たちの

暮れ方に
顔を隠して鳥辺野の坂を上ったのは
艶めく花街の芸妓だったか
それとも
花嫁姿の狐か
揺れる狐火に誘われた嫁入り行列が
春の夕べの鳥辺野を渡っていく

りりりりーん　りりーん　りりりりりーん
　かちっ
　　りりりーん　りーん　りりりりーん
　　　かちっ

※京都高台寺では、令和六年まで、桜花咲く四月に
「狐の嫁入り行列」が行われていた。

日本のゾウ

一人
動物園に出かけた
園内をぶらぶら歩いて
ゾウ舎の前のベンチに腰掛ける
四十二年前に
ラオスからやってきたというゾウが
園庭でのんびり日向ぼっこしている
桜の花びらが舞い落ちている
「お前もすっかり、日本のゾウになってしもたんやなあ。
　四十九才か。人間でいうたら、なんぼの年になるんかいな？」
孫にあたるようなゾウ四頭が
隣の小さな庭で戯れている

わしも京都に住んではや半世紀
五十年の間にすっかり京都の住人になり
京ことばらしきもんを
しゃべるようになったんやが
時折話すことばのアクセントの中に
幼い頃に染みついた愛知県が
顔を出しよるらしい
「あんさん　どこの御出身どす?」
いうて

のんびり歩く日本のゾウの姿を見ていて
ふと思い出したことがある
かつて異国の不毛の地を
開拓した日本人がたくさんいたという話や
その人たちは二度と日本に

足を踏み入れないと覚悟を決めて
移民の船に乗ったらしい
長年苦労して
ようやくその土地での
暮らしの安心を得るようになって
ふと思い出すのんは
自分の目の奥に灼きついた
懐かしい日本の風景
それが忘れもしない日本語となって
口元からこぼれ落ちる時
やさしさの眼差しは
彼らの醸し出す表情の中に
一段と深い影を落としたという

それにしても
日本のゾウよ

おまえは
なんてやさしい目をしているのか
その瞳の奥に
満々と湛えた水のごときラオスを
隠し持って

うどん屋

夫婦でうどん屋に行く
安もんのセルフサービスの

水もうどんも
自分たちで運ばんならん
ばあさんがよろよろ運ぶのんを見て
わしが運んだろ言うて運ぶんやが
足下がおぼつかない
ばあさんは「けつね」
わしは「たぬき」
ふうふう言うて食べる
玄関前の棚に

かいらしい牛の置きもんがある
「あんた　きょろきょろせんとさっさと食べなはれ」
油揚げくわえたばあさんが言う

なんかしらん
人に見られているような
クスリと笑われたような気がして
後ろを振り向くと
綺麗なべべ着た別嬪さんが
ちらりとこちらを向いた

へへへ
散歩がてら
二人で朝ご飯ですねん
と愛想笑いする朝

海老を買いに

ばあさんに海老を買うてこい言われた
今夜は八宝菜するから言うて
八宝菜するいうても
作るんはいつもわしの仕事なんやがなあ

マンション出てイズミヤのある高台まで二十分
よれよれと足を運びながら
寒風吹きすさぶだらだら坂を上る
空気の冷たさからなのか
マスクしていることによる湿気からなのか
ちょろちょろと鼻水が垂れてくる
車があればひとっ飛びなんやが

年寄りの運転は危ないと免許を返納したばかりや

イズミヤで
税抜き七匹三百九十八円の冷凍海老を買う
お前たちも何の因果か知らんが
わしらの腹の中に納まってしまうんやなあ
海老の尖った顔に目をやると
氷の鼻水をぶら下げていた
ははん　おまえもわしと同じ老人やったか
動きが鈍うなって捕まってしもたんやろ
わしかてこの先
蔓延る病の網に捕まってしまうかもしれんしな

冷凍海老七匹袋に入れて
海老のように背を曲げて
帰り道をよれよれと歩いて帰った

飛行機

ばあさんと夕ご飯のおでんをいただいている時
「飛行機に乗るなんて、いつ以来のことになるんでっしゃろ」
と、ばあさんが呟いた
この十月末にわしら二人、
沖縄の宮古島に出かけることになっている
「そやなあ。結婚してすぐに札幌行った時以来のことやないか。
あれは、雪まつりに合わせて出かけた時やったからなあ」
「じゃあ、四半世紀も飛行機に乗ってへんことになりますか」
二人の脳裏に、雪降る二月の札幌の町並みが浮かび上がった
「飛行機乗るのん、怖おすなあ。昔、沖縄から石垣島に渡った時の
飛行機はプロペラがついてて、よう揺れましたもん」

ばあさんは唐突に
二人の札幌からわしの知らん石垣島に思いを飛ばす
「宮古島では、あんさんの用が済むまで、私一人でどっか行っててもよろしいやろか」
「まあ、ええけど、レンタカーでも借りな、どこにも行かれへんで」
「うち、方向音痴やし、知らんとこよう運転できまへんのや。
かといって、海ばっかし見てても、しょうがありまへんわなあ」
宮古島に用ができて、それなら久しぶりに二人で行こうと決めた旅
子どもができてからは二人だけで旅することはなかったから
ばあさんは、どう行動したらええのんか、分からないのだ

薄暗い二人だけの夕ご飯をつまみながら
もしかしたら、これが最後の二人だけの旅になるかもしれんと
互いに心のどこかで思っている宮古島行きの飛行機は
湯気立つおでんの大根の上を今
通り過ぎたところだった

片葉の葦　（謡曲「女郎花(おみなえし)」より）

あわれ秋風よ。山吹重ねの衣より生まれし女郎花に吹き寄せる風であるはずなのに、私をさけるように吹いているのはなぜなのでしょう。それほどまでに私を憎く、恨めしく思われているのでしょうか。

京都八幡松花堂に女郎花の塚を訪ねる
古ぼけ傾いた石塔には
秋の陽が柔らかく当たり
傍らに咲く女郎花の小さな花が
風に揺れている

頼風様は、なぜにわたしをお訪ねなさらないのでしょう。頼風様が恋しい。あれ程までに将来を契りおうた仲だったのに、いてもたってもいられないこの思いに従って、八幡の地に頼風様を訪ね来はしましたが、思いもかけぬ女房の冷たい仕打ちに、わたしは泪川に身を投げようとしています。お恨み申し上げます。それでも、お慕い申し上げております。

千二百年も前の恋物語に
現代にも通じる男と女の姿を見る
男は美しい女に惹かれ
女は香りゆかしい男に惹かれる
住まいを別としていれば
なおさら燃える恋は激しく

あなたの黒髪に触れれば、あの夜のせつないひとときが思い出されます。それなのに、私はどれほどに冷たい男だったのでしょう。あなたの顔の冷たさ、閉じられた瞳に隠された心、私の身を切るようなあなたの思いに、私は立ち尽くすことしかできません。いざゆかん。私の不義理を越えて、ふたたびあなたのもとに。この世で添えぬ身であるならば、あの世で添い遂げて見せましょう。

頼風塚は女郎花の塚から離れて
ひっそりとたっている
風の噂によれば
頼風亡き跡に一本の葦が生えたという
その葦の葉は片側だけにつき
女郎花の塚の方角ばかりに
頭をもたげるのだという
今は頼風塚を訪れる人もなく
片葉の葦の細い葉が
風にさみしくそよぐばかり

※女塚は、松花堂庭園内に、頼風塚は、八幡市民図書館の南西にある。

篁（たかむら）はん

あんさん、
お地蔵さんにちゃんと手ぇ合わせて、拝まなあきまへんえ。角のお地蔵さんは、あの世とこの世の境を守ったはる大事な神さんなんやさかい。そこの通りを越えるいうんは、あっちの世界に足を踏み入れるのんとおんなじことなんどすえ。

そんな横着な拝み方、あらしまへんやろ。これから、その境越えて、お仕事に出かけはるんどっしゃろ。もう、しょうがありまへんな。うちが、一所懸命拝ませてもらいまっさかい、気いつけて行っとおくれやす。

そやけど、男さんはみんな、篁はんみたいどすな。おなごの知らんとこで、なんや恐ろしいことを、平気な顔でしたはるんちゃいますか。篁はんは、夜な夜な地獄の閻魔さんにお仕えしたはったそうですけど。東山の六道珍皇寺さんには古い井戸があって、そこから地獄に出かけたはったそうどすえ。あんさんが、出かけていかはるところは地獄やのうてよろしおすけど、どっかで同しように「地獄行きー、極楽行きー」いうて、人を分け隔てしたはるんとちゃいまっしゃろな。いやどっせ。うちは。

けど、おもしろおすな。うちが、過ち起こして閻魔さんのお世話にならなあかんくなった時、閻魔さんの横にあんさんが、髭はやしていたはったら、どんだけびっくりすることどっしゃろ。うちは、紫のあのお方みたいに、賢いおなごとちがいまっさかい、男さんとおなごの怪しいお話なんかも書けしまへんし、あんさん以外の男さんに、お仕えすることもあらしまへん。そやから、何の心配もしてしまへんけど。

万一そんなことになってしもたら、あんさん、篁はんのように閻魔さんにあんじょうとりなしてくれはりますか。篁はんが、紫のあのお方のこと、お頼みしはったように。

そんな、知らん顔したはらんと。

ほら、信号が青どすえ。

ほな、気いつけて行っとおくれやす。今日はどちらにお帰りどすか。お母はんのとこ、行かはるんどすか。


「わたのはらやそしまかけてこぎいでんと　ひとにはつげよあまのつりぶね」どすな。

ねっ、あんさん。

注
1．「篁はん」は、小野篁。
2．「あのお方」は、紫式部。
3．小野篁と紫式部は、北大路堀川下る西側に、仲良く眠っている。
4．和歌のおよその意味は、「はるかな大海原に、たくさんの島々が浮かんでいる。島から島へと舟で渡りながら、私は罪人として流人島に流されていったと、都の愛するあの人に伝えてはくれないか、つり舟の漁師達よ」という意。百人一首　一一　参議篁

山吹

おかあはんの実家の西側の垣根には、八重の山吹が、植えられていました。今でも、五月の声を聞く頃になると、その山吹が、夕日に黄色く映えていたことが思い出されるのどす。南や東いう方角やのうて、西側いうことに意味があったんやと、今更ながらに思えるのどす。

西の方角の遙かなところに黄泉の国があって、その入り口あたりに死者を蘇らす泉が、湧き出ているんやそうどす。そこには黄色い花が、咲き誇っていたいうことで、この古代シュメールの「黄色い花は死者を蘇らす」という伝説が、シルクロードを通って日本に伝わってきたんやそうどす。山吹の花の艶やかな黄色が、その役目を担わされたいうことを思うと、昔の文化の奥底を覗くような思いになりますな。

山吹の立ちよそひたる山清水　汲みに行かめど道の知らなく

高市皇子

黄色は「忌色」に通じる厳かな色として、位の高いお坊さんの衣にも使われていますな。おかあはんは、いったい誰に蘇ってほしいと願て、あの山吹を植えはったんやろと、うちは思うのどす。

うちには、早産で死んだ弟がいたそうどすけど、そんな小さな命が、蘇ること思て植えたんやろか。その時代、町家での着物仕事にも戦争が影を落としてて、お父さんの稼ぎでは、到底生活できなんだそうどす。そやから、おかあはんは、手内職で生活を助けておいでどした。

それとも、不幸にして死んだおかあはんの末の妹のこと、思たんやろか。ことあるごとに、嫁入り先の男の理不尽を怒ったはったさかい。十一人兄弟の長女として、母親代わりにかわいがらはった妹が、不憫な死に方したもんやさかい、実家の西側の垣根に、黄色い山吹を植えはったのかもしれまへん。

けど、山吹の美しさ言うなら、やっぱり井出の玉水どすな。そこに流れる玉川辺りに咲く山吹は、なんともいえん見事な咲きようで、天平の昔から、多くの人が訪れたそうどす。

色も香もなつかしきかな蛙なく　ゐでのわたりの山吹の花

小野小町

黄色い花が、辺り一面を埋め尽くす風景。例えば、菜の花。例えば蒲公英。黄色が、うちらに与える心の安らぎは、まさに、黄泉に連なる時間の流れなのかもしれまへんなあ。

注

1．高市皇子の和歌は、妹十市皇女の死にふれて詠んだもの。（万葉集二ー一五八）

2．「井出の玉水」は京都府綴喜郡井手町の玉川周辺をさす。

3．小野小町の和歌は、小野小町晩年のもの。（新後拾遺集一四五）

いとし藤

「いとし、いとしの、藤の花」
「いとし藤」いうことば、あんさんなら知っといやすやろ。着物の小紋模様の一つどす。「い」の文字を「十」連ね、それを「し」の文字が貫いてできる藤の花の模様どす。「十」を「とう」と読ませて「愛しい」とする、何とも粋なことばどすな。藤の花を上手に省略して描くだけでのうて、異性にひそかな思いを伝える、いう意味を持たすところに、当時の職人さんのお洒落な心が生きてるて、思わはらしませんか。

この「いとし藤」の模様、歌舞伎の「藤娘」の帯の模様として使われているんどす。江戸元禄期には、お武家さんの奥方たちが、よう物見遊山に出かけはったそうで、その姿を遊女たちがまねているのんを、大津絵の絵描きさんが、おもしろがって「藤娘」に仕立て上げはったんやそうどす。ほれ、お正月の羽子板にありまっしゃろ。藤の花の絡んだ松の小枝と黒塗りの傘かぶった娘さんの柄。けど、藤の花は、そんな平和な暢気な時代ばかりを経験したわけやないんどす。

紫の雲とぞみゆる藤の花　いかなる宿のしるしなるらむ

藤原公任

うつくしい和歌どすけど、これ「よいしょ」の歌なんどすえ。いやどすなあ。この藤の花、本物とは違うんどっせ。絵に描いた餅いいますけど、これ、絵に描いた藤の花なんどす。都で栄華を極めた藤原道長邸にあった屏風絵の藤の花に、和歌をしたためて何とか取り入ろうとする貴族の下心が、見えてきますな。権力を持つもんは、こんな見え見えな褒めちぎりかて、気分よう思わはったんやろかて、その浅ましさに呆れかえります。そんな藤原氏の姿を皮肉らはるお方も、いたはったいうことを思うと、政治の世界は今も昔も少しも変わらへんいうことかもしれまへん。

咲く花の下にかくるる人を多み　ありしにまさる藤のかげかも

在原業平（伊勢物語一〇一段）

藤の花は、藤原氏の家紋どす。そやから、道長さんの子、頼道さんが建てはった宇治の平等院にも、藤の木が植えられています。ここでは、五月にもなると、紫と白の花が美しゅうに咲き誇ります。けど、時がたてば、花かて色を失うのは自然の成り行き。満月に喩えて自らの栄華を誇示しはった道長さんどしたけど、その権勢も、花のように華やかさを失っていったのは、世のさだめどすなあ。

政治や権力とはなんの関係もない藤の花。それが、人の争いごとにまみれた一時代があったやなんて、なんともかわいそうなことやと、うちは思うのどす。そんな藤の花のことを思うと「いとし藤」いうことばが生まれた江戸元禄時代は、花にとっても人にとっても、ほんに艶ある時代やったと思われてくるんどす。

遠い海

あこのおうちのお姉さん
戦争に行かはった兵隊さんのこと
長いこと待ってはったんやそうですけど
待っててもどもならんさかいいうことになって
いやいや知らんお人のところへ
お嫁に行ってしまわはりました
けど
それから四・五年して
お姉さん気違わはったいうて
実家に戻ってきたんやそうです

お姉さんとこの実家は

町の小さな仕出し屋さんしたはったんですけど
ぼくら町内の子はその家のお座敷の
町で初めて入ったいう白黒テレビの前で
栃錦やら若乃花やらの相撲を
よう見せてもらいました
テレビ見てるとお姉さんが時折
ふらりと座敷の中に入って来はって
ぼくの方にちらりと顔を向けはります
ぼく
気違わはってからお姉さん
余計きれいにならはったんちゃうか
って思たことよう覚えています

一度だけ
仕出し屋さんの車に乗せてもろて
海を見に行ったことがありました

お姉さんが海見たいて言わはったんやそうです
どういうわけか知らんかったんやけど
仕出し屋さんのお母さんがぼくのこと
どうしても連れて行きたいて言わはるもんやさかいに
ぼくは車ん中でお姉さんの横に
ちょこんと座っていました
そしたらお姉さんが
「よう似たはるなあ　よう似たはるなあ」
言うて
ぼくの顔を何度も覗かはるもんやさかい
ぼく
何か気持ち悪うなって怖うなって
窓の外ばっか一所懸命見ていました
そしたら
お母さんが
「かんにんしたってや　かんにんしたってや」

言うて
ぼくの頭を
やさしくなでてくれはりました

今ではあの仕出し屋さん
店大きゅうしはって繁盛したはるそうですけど
毎年終戦記念日がやってくると
ぼくのおかあちゃん
いっつもそん時のこと思い出さはります
「あんたの小さい時の目が、
仕出し屋さんのお姉さんと結婚する約束をしたまんま、
南の海で亡くならはった兵隊さんの目に、
よう似てたんやて」
お姉さんはぼくの目の中に
兵隊さんが命を落とした遠い海を見たはったん違うかって
おかあちゃんは言わはります

ぼくはその話をされるたんびに
鏡を覗き込んでは
ぼくの目の中にあるはずの遠い海を
探していたような気がするんです

Ⅳ

かくれてへんかー

朝礼が終わった後の職員室
廊下から
かわいい声がした
「〇〇せんせ、いいひんかー」
ふり返ると
一年生の女の子二人が手をつないで
職員室の中をきょろきょろ見回している
「いいひんなあ」
と
ぼくは答える
すると
しばらくして

だれかが
「かくれてへんかー」
と
大きな声で言った
その剽軽で
かわいらしいひと言に
職員室にいた先生方から笑いが漏れた
「かくれたはらへんみたいやでー」
若い男の先生が
あちこち探すふりをして
席を立たれた

人を素直に慕う気持ち
それが
あまりに露わに
そして無防備に

その場に投げ出されたものだから
意表を突かれたぼくも
思わず笑った

なんて美しい言葉なんだろう
そんな美しさを隠し持ちながら
小さな人たちは
生きているのだなあ

少年

「あの時は　ありがとう」
突然声をかけられた少年は
ぶっきらぼうに返事した
「は　はあ」
その声が次第に赤く染まっていくのを
ぼくは校門から見ていた

少年らしい戸惑いの表情に
糸を引くような雨が降っていた

学校帰りの小さな子どもたちが
傘を振り回しながら

二人の横を駆け抜けていく
その舗道のそこだけに
スポットライトが当たっているかのように
二人は向かい合っている
ご婦人のピンクの傘が揺れるたびに
寡黙な少年は俯き
「は　はあ」
と小さな声で返事する
「ひと言　お礼が言いたくって
　学校が終わるのを待っていたのよ」

少年と
声をかけたご婦人との間に何があったのか
ぼくには分からなかったが
少年に甦っている
「ありがとう」の風景が

少年の体の中で熱を帯び
柔らかく解けていくのに
僅かばかりの時間が必要だった

「ありがとうございました」
別れ際に思わず口を衝いて出た
少年の言葉
駆け足で遠離っていく少年の背中を
「ありがとう」がぐいぐい押していく

ことばに生命を吹き込む

「先生は息子のことばに生命を吹き込んでくださいました」
大学出ほやほやの教師が、生まれて初めて、
他の子と同じようにできることを我が子に願う親心にふれた瞬間。

受け持った彼は小学二年生。全く文字が読めず書けなかった。

何も知らされず担任した若い教師は、

「自分を紹介する作文を書きましょう」

と原稿用紙を配る。

しばらくして、彼は、
文字でうまった原稿用紙をうれしそうに持ってきた。

「な、なんだ」

思わず唸った。

そこには彼の名前を示すひらがな七文字が、ランダムに埋め込まれてあるばかりだ。

「読んでみ」

彼は困る。私も困った。

それが私と彼との出会いであり、文字修得への一年間の始まりだった。


お昼休みと放課後には、自前で買った保育所の絵本を彼の前に置き、絵とことばと文字を教えていく。顔の絵を指差しながら、「あたま」「め」「はな」「くち」「みみ」と声に出させ、ノートにひらがなを書かせていく。翌日にはもう一度復習をさせて、新しいことばを覚えさせていく。覚えるべき時に覚えられなかった不幸は、五倍十倍の時間を私たちに強いたが、飽きもせず毎日やってくる彼との苦闘を、同僚の先生たちは「よくやるな」と言う顔をして通り過ぎていった。

それでも牛歩の歩みは歩みで、絵と文字から話しことばと文字へ、ことばから一文を書き写し音読する段階へと進んでいった。

九か月という月日が過ぎていた。

三学期になって彼が初めて書いた作文は、二年生を振り返っての思い出だった。漢字は一文字もないけれど、ひらがなばかりではあるけれど、個人懇談会の席で、教師も親も、彼の文章に心震わせた。

「にねんせいは、よかった」

と。

ことばに生命が吹き込まれたのか、ことばが表すものの美しさと「よかった」ということばの心地よい響きを感じながら、わたしたちはともに涙を流した。

ことばに生命を吹き込む。

一緒に取り組んだ時間と、

一緒に見た昼休みや放課後の景色、

一緒に笑ったり怒ったりした出来事が、

彼のことばに生命を宿らせる。

若い教師が、自分の人生を決定する瞬間でもあった。

*

醍醐が育てた一教師人生

醍醐三宝院は、初めて赴任した小学校近くにあった。奈良街道の東側に、広い寺域を持ち、太閤秀吉ゆかりの寺として知られていた。

私は、子どもたちを連れて、よく三宝院に遊びに出かけた。五重塔の下の広場に大きな輪を作り、学級のことや勉強のことなどを子どもたちと話し合った。

ある日、三宝院で学級のことを話し合っていると、遠くからサイレンの音が聞こえ始めた。続いて、避難訓練を知らせる校内放送の声。

「しまった。今日は、避難訓練の日だった」

私の顔色が変わったことに気がついた子どもたちは心配して、

「どうしたん、先生」

と聞いてきた。一部始終を話すと、

「先生、心配いらん。一緒に謝ってあげるから」

そう言って、私を励ましてくれた。

一時間後、私たちは、職員室の廊下に並んでいた。校長先生、教頭先生、安全主任の先生の前で、平身低頭謝る私たちに、避難訓練で校庭に並んだ学級の中で一列ポカンと空いた六年生の学級があったことを、おもしろそうに話す校長先生の姿が、今でも思い出される。

私の初めての卒業生は、こんな子どもたちだった。

卒業間近の三月初め、私たちに悲報が飛び込んできた。Y女の父親が突然亡くなったのである。私は、子どもたちに父親の死を知らせ、彼女が書いていた「お父さんの作文」を読んで聞かせた。読んでいる間に、涙がぽろぽろ落ちてきて、最後まで読むことができなくなった。お葬式に参列した時には、Y女の顔を真正面から見ることができないまま、私は頭を垂れた。一週間が過ぎると、Y女も忌引の日数が終了し、登校してくる。何を話してやろうか、どう声をかけたらよいか、私は決めかねていた。

そして、とうとうその日がやってきた。教室にはいると、しーんと静まりかえっている。子どもたちも、Y女にどう声をかけたらよいのか分

からなかったのだろう。私は、

「運動場に行こう。8S（学級で流行っていた遊び）をやらないか」

と声をかけた。私たちは、夢中になって遊び、汗をかいた。私は、敵の陣地にぽつんと突っ立っているY女めがけて突進し、思いきり彼女を抱きしめた。

その時のことを彼女も覚えていたようで、卒業してからの手紙の中に、「先生は、なぜあの時の私の心が分かったんですか」と書いている。分かったのではなく、そうすることしかできなかったのである。

Y女は、今はもう四〇歳近く。大阪で幸せに暮らしている。時折、私の健康など心配する手紙をよこしてくれる。醍醐三宝院の麓に始まった教師と子どもとのドラマは、今も立場を逆転して続いている。

あの時

今から十二・三年前のことだった。

勤めていた学校に、見知らぬ女性から手紙が届いた。

封を開けて読み始めると、

(もうわたしのことなど、お忘れでしょうね。わたしは、二十五年前にお世話になったA子です)

と、書かれてある。

ああ、確か、新採の学校での二回目の卒業生の中に、この人はいたはずだ。二十五年の歳月が過ぎたのだから、姓が変わっていても不思議なことではない。

(先生のお名前を新聞の片隅で拝見した時、懐かしさと共に、「あの時」のことがまざまざとわたしによみがえってきました)

あの時のこと?

……　……

そうか、あの時。

あれは、A子が五年生の秋のことだったと記憶している。

放課後の職員室に、町の駄菓子屋から電話がかかってきた。担任していたA子が万引きをしたというのだ。

「まさか」

A子の普段の様子から、そんなことを仕出かす子どものようには思えなかったのだ。

私は、すぐさま保護者に電話を入れ、その駄菓子屋に走った。

店に入ると、A子は店主の前でうなだれて座っている。入ってきた私を見つけると、救いを求めるように私の顔を見上げた。

「この子が、売りもんのお菓子を万引きしたんですわ」

しばらくすると、A子の母親が血相を変えて飛び込んできた。

「警察に知らせようとも思ったんやが、まずは学校に連絡してからと思いましてな」

それを聞くなり、母親はA子の頬を激しくぶった。

「お母さん、やめてください。A子は決して万引きをするようなお子さんじゃありません。何か理由があるはずです」

店主は、私のその言葉に、少し顔色を変えたようだった。

そんなことがあって数日後、母親から
「つい最近、主人と離婚をしまして、ここしばらく、A子のことを顧みないで暮らしていたのです。A子には、つらい思いをさせてしまっていたのだと気がつきました」

という話があった。

A子は、五年生になってからの半年の間、そうした家庭内の不安を心に抱えながらも、少しも素振りに出さず頑張っていたのだ。


（あの時、先生は、わたしのことを万引きするような子ではないと仰ってくださいました。その言葉が、わたしの心の奥に小さな棘となってずうっと長い間、つき刺さっていたのです。先生のお名前を拝見した時に、わたしは本当のことを先生に申し上げなくてはと、そう思いました。あの時、わたしは確かにお店の商品に手を出してしまったのだと）

私は、そう書かれたA子の穏やかな文字を食い入るように見つめた。

（今、わたしは二人の子どもの母親となっています。あの時の母の思いも察することができるようになりました。今日、長い間、先生にお話しできなかった事実を告白する勇気が持てて、わたしは、ようやく二十五年の間、心に抱えていた重荷を下ろすことができたような気がします。あの時は、本当にありがとうございました。そして、先生のご期待を裏切るようなことをしてしまったことを、改めてお詫びいたします。ごめんなさい）


あの時。

A子は、駄菓子屋のお菓子が欲しかったのではなかろう。失ってしまった家族の愛情を取り返したかっただけだと、今更ながらに私には思える。

しかし、その後、A子は母親の愛情と周囲の支えによって、健全に育ったのだ。その健気さが、二十五年の長い年月を経て、私のもとへ手紙として届けられたのだと思う。

Ａ子の、封書に書かれていない住所の空白を指でなぞりながら、

「確かに、あなたの二十五年間の歳月を受け取りましたよ」

と、十一才の時のＡ子の笑顔を、私は思い出していた。

人間教師への旅立ち

私が、初めて一年生を担任した時のことです。私のクラスにMくんという男の子がおりました。くりくり頭のかわいい子どもでした。

教師になって七年目の私は、研究することがおもしろく感じ始めた国語科教育、とりわけ作文教育にのめり込んでいました。

私は、受け持った子どもたちに、早く文を書いてほしいと思いました。それは、「楽しい作文を書かせたい」「一年生らしいおもしろい作文を書かせたい」という、まことに自分勝手で、子どもたちの実際を見ていない願望だったのです。

私は、四月の終わりには、さっそく文を書くことを教え始めました。「習っていない文字は○で表してもよいから、自分の力で短い文を書いておいでなさい」

私は、子どもたちに日記を勧めました。

当時、大阪で実践を積んでおられた先達の、

「一年生は文を書けないのではなく、先生方が書かさないから書けなくなるのです」

ということばも、私の背中を強く押しました。

五月に入ってのある日のことです。

なかなか日記提出ができなかったMくんが、真新しいノートを手に、私の所におずおずとやってきました。

私はうれしくなって、Mくんの日記の第一ページを開きました。ところが、そのページは、ひらがなが数文字だけで、ほとんどが○で埋められていたのです。

私は、どきりとしました。思わず慎重になって、話す言葉を選びました。うれしそうに私を見つめる幼い目がそこにあります。

「Mくん。きみの口で、先生に読んで聞かせてくれへんか」

私は、さりげなく言ったつもりでした。

けれど、M君は、ひと言もしゃべりませんでした。

たぶん、Mくんは、みんなが出している日記を自分だけが出していな

い、みんなと同じ事ができない悲しさを心に抱えていたのでしょう。だから、形だけでも出したという結果がほしかったのです。

それ以来、Mくんからの日記は出てこなくなりました。

そのことは、若い私に、文字とことばを教えることの難しさと子どもの先生に認められたいと願う一途な心の有り様を、突きつけたのです。

それでも、他の子どもたちからは、毎日短いながらも日記が提出されてきました。私は、それを学級通信に掲載し、みんなで読み合うことを続けました。

七月に入ると、子どもたちの日記もずいぶんことばが増え、手慣れたものに変わってきました。

そんな夏休み前のある日、Mくんの日記が突然、出されてきたのです。

「きのう、おかあさんとぎおんまつりにいきました。とてもうれしかったです」

「Mくんも、日記こそ提出できなかったけれど、ちゃんとひらがなを使えるようになっていたんだ」

私は、翌日の学級通信にMくんの日記を載せました。

夏休みに入り、家庭訪問でMくんのお家を訪ねた折には、私は躊躇せずMくんの日記の話を持ち出しました。

Mくんは、お母さんの背中に隠れて、肩越しにひょっこりと顔を出していました。

お母さんは、私の話を聞き終わると、少し顔を曇らせながら、お話を始められました。

「実は、この子も私も祇園祭に行っていないんです。学級通信を読んだ時、私は何でこんな嘘を書いたのかと、この子を叱ろうと思いました。けれど、よく考えてみると、この子も、きっと他のお子さんと同じように祇園祭に行きたかったんだと、そう思えるようになりました。行きたいという思いが、この日記を書かせ、『いきました』という表現になったんじゃないでしょうか。そう思えるようになって、私はこの子に『よう書いたね』って言ってやることができました」

私は、お母さんのお話を聞きながら、改めて、小さな子どもの書いた文章を読むことの意味を考えさせられました。

形ばかりの良さを追い求める作文指導よりも、目の前にいる子どもの真実をとらえることができる作文指導を行わねばならない。子どもが書いたり話したりする拙いことばの裏側に存在する暮らしや思いを、読み取る教師にならなくてはならない。そう強く思ったのでした。

子どもの暮らしに寄り添い、子どもの心を育む大事さを教えられた夏の家庭訪問の一日。

その日から、三十五年余りの年月が過ぎました。しかし、今でも、その時のMくんのお母さんのきりっとした表情とMくんの笑顔を、くっきりと思い出すことがあります。

色紙に記された小さな手紙

その手紙に記された小さな一年生のひと言が、「美しい日本語」であることを、若い教師であった私は気がつかないでいた。

後に、詩人の茨木のり子氏の著作『言の葉さやげ』を読み、私は愕然とした記憶が残っている。

その図書には、詩人が考える「美しい日本語」の条件が三つ書かれてあった。

一．その人なりに発見をもった言葉は美しい

二．正確な言葉は美しい

三．体験の組織化

私はそれを読んで、すぐさま十数年前に担任したA子がB君に書いた小さな手紙を思い出した。

それは、私が初めてもった一年生の学級での出来事だった。

私の教室に、B君という男の子がいた。B君は、物静かでひとりぽつんと机にすわり、自分のノートに向かって何かを書いているような子どもだった。

何気なしに、書いているノートを覗きこむと、そこには繊細な町の絵が描かれ、B君は、なにやらぶつぶつ呟きながら、その町の中で一人遊んでいるように思えた。

その行動は、他の一年生たちがしだいに学校に慣れて、教室ではしゃぎ出し、私に甘えるようになってきても、変らず続いていた。まるで、B君の興味は、まわりの子どもたちや先生にはないというような雰囲気でもあった。

若い教師の私は、他の子と違う雰囲気をもったB君のことが気になった。気にはなったが、授業中は何事もなく、あてれば発言もする。そのうちに、みんなと同じように振る舞うはずだと高を括っていた。

ところが、五月に入ると、そのB君に変化が現れ始めた。

女の子たちが、教室で追いかけっこをしていると、突然そこに加わり、女の子たちを追いかけまわすようになった。きゃっきゃっと声を上げて逃げ回る女の子たちに刺激されるのか、それとも、人との関わり合いの面白さが分かってきたのか、その行動はだんだんエスカレートしていき、叩く、キスをするというような激しい行為にまで発展していった。

　そのうちに、帰りの会で、

「Ｂ君が、おいかけてきて、たたいたりキスしてきたりするので、やめてほしいです」

というような意見が、たくさん寄せられるようになっていった。

　一年生の指導方法も指導技術も覚束ない私は、その都度、Ｂ君の行動を叱り、注意するほか、手立てを知らなかった。先輩教師に相談しても、「そのうちに治るさ」と、相手にされなかった。

　休み時間にＢ君を呼び出し、「どうしてそんなことをするのか」と問い詰めても、Ｂ君はにやにや笑いながら、時折戸惑った表情で私の顔を見つめるばかりだった。

　その手紙がやってきたのは、六月半ば過ぎた頃だっただろうか。

　朝の会をしていた時に、Ｂ君がホチキスでとめられた色紙の束を手に、私の所にやってきた。

「こんなもんが、つくえに、はいってた」

差し出された色紙を見ると、それは一冊の小さな本の形をした手紙になっていた。

一枚目の赤い折り紙には「B君へ」と書かれてあった。

そして、二枚目から四枚目にかけて、拙い文字で「ひとをたたいたり、きすしたり、でたい（ぜったい）しないでください。にかいかいたけど、わたしが、はずかしいからしないでね、ごめんね」と続いていた。

五枚目のピンクの色紙には、相合い傘が描かれ、その傘の下にB君とA子の名前が書かれてあった。

私は、はっとしてA子の顔を見つめた。A子は、何事もなかったかのように、知らんぷりして机にすわっている。

私の頭に、一瞬にしてA子の行動と思いが浮かび上がった。

ふだんおっとりしていて目立たないA子だが、保育園から一緒に過ごしてきたB君のことが心配になり、B君の行動をじっと見つめていたにちがいない。そして意を決し、今日の朝、誰よりも早く教室にやってきて、B君の机の中にこっそりこの手紙を入れておいたのだろう。

その日からB君とA子の、運動場で二人仲良く遊ぶ姿が見られるようになる。それとともに、人をたたいたり、キスしたりというB君の行動も影をひそめるようになっていったのだ。

「わたしが、はずかしい」と書いた小さくて大きなA子の手紙。

そのことばの裏側には、B君の変容を見続けていたA子の「発見」がある。

そして、「わたしが」と書いた「が」の一文字には、「わたしは、いつでもB君の見方だよ」というメッセージが込められている。

さらに、「手紙」という組織化された形式をとることで、B君へのA子の思いが際立つようになっている。

美しい日本語とは、着飾って、誰もがほれぼれするような美しさをもった言葉ではあるまい。何気ない日常の中で、その人のその人らしさを表現した言葉にこそ、美しさはあると私は思う。その言葉が、偶然に他人の心に響いた時、その美しさは輝きを放つのだろう。

「わたしが、はずかしい」と書いたA子のB君のことを思い続けてきた日常が、その言葉の裏側に存在したことをB君は気がついたに違いないと、わたしは今さらながらに思う。

A子は、B君の心をいとも簡単に拓くとともに、私に「美しい日本語」の本当の姿を教えてくれたのだと、私は思っている。

雲龍寺寮記

酷暑の夏だった。日本だけでなく世界各地で地球規模の気候変動が起きている。ここにいたって、はたと二十世紀という時代を考える。日本が求めてきた豊かさや自由というものはいったい何であったか。戦後に希求してきたものの危うさが、あちらこちらで目に見える形で現れてきているように思われる。

私はこの夏、一冊の図書に出会った。私の職場の書庫にひっそりと眠っていた手作りの本である。『雲龍寺寮記』とある。副題は「学童集団疎開記録」。本校に勤めていた大槻一夫先生が記されたもので、多分、後年にその時代の記録を構造化し一冊の図書になさったものだと思われる。すべて手書きの文字で五四九ページ。昭和二十年五月九日、学童疎開団出発の朝から同年十月十六日、疎開引き揚げの日までが丹念に記されている。その五月九日の記録には次のような文章がある。

「京都駅の山陰線ホームは、おびただしい見送りの人で一ぱいであった。一見これは、このごろ見慣れている出征軍人歓送風景に似ているが、そうではない、駅頭には『祝○○君之出征』と大書された旗や幟の林立もなく、『我が大君に召されたる』と出征兵を送る歌が歌われることもない。今日は京都市の学童集団疎開のための専用列車の出発の日なのである」

この疎開団が向かった先が福知山の山間にある雲龍寺という寺であった。三年生から六年生まで、男子十二名、女子十四名の子どもたちと、寮母、寮長など数名の先生方との生活が、半年にわたって営まれたのである。

この図書のおおよそは、食べ物にも事欠く暮らしの中、その時代に合う教育を行うべしと奮闘する先生方の姿と親元を離れた子どもたちの暮らしの様子が日々書き連ねられている。親からの手紙、健康記録、山畑開墾、集団面会の日、寮児脱走、生命を守りきれなかった教師のことなど生々しく綴られている。

その中で、私の心に強く残ったことばは、筆者が、疎開前とは違ったものが目覚めてきているとして書かれたものである。

「それは、戦争というものの正体を見極めたことであり、教育をその原点に立って考え直すようになったことである。さらに、人間への愛情をこの胸に確かにつかむことができたことである」

私は改めて思う。この記録の延長線上に今の時代がある。はたして、こうした時代、人の思いに応えるべく、今の日本が本当に築かれてきたのかと。

驟雨

にわか雨が降った
一瞬
土の臭いを立ち上がらせると
景色を一気に洗い流していった
校庭の朝顔の花は
打ちつける雨の激しさに首を垂れた
雷鳴がする

その日も
にわか雨が降っていた
轟く雷鳴の中
一人の教師は
瀕死の子どもを自転車の後ろに乗せ
紐で自分の体と結びつけて走っていた
終戦を目前にした日のことだ
病気で寝込んでいた子どもの様態が急変し
京都福知山の疎開寺から医師を求め
町に駆け下りたのだ
戦争末期
氷も薬も容易には手に入らぬことは
百も承知していた
だが
走らずにはいられなかった

子どもの小さな命は
己の漕ぐペダルに託されていたのだ

だが
「死んだー　死んだー」
という呻き声が
雨音に掻き消される
守ってやれなかった小さな命への悔恨
自分の背中にがっくりと頭を垂れた子どもの
重さを抱きしめながら
叫ばずにはいられなかった教師の無念を
ぼくは
戦争記録『雲龍寺寮記』*で読んだ

今年も夏がやってきた
終戦の日の数日前に

疎開先の町で起きた命のドラマは
埃をかぶって校長室の本棚にある
学校の校庭にブランコは揺れている
そこで遊ぶ夏の子ども等の姿はない
ぼくはこの国の行く末を思う
にわか雨の後に降り立つ美しい虹を
いつまでも見られることを願って

＊京都教育大学附属京都小中学校に残された「学童集団疎開記録」。
大槻一夫先生が記された。

もしも百年がこの一瞬の間にたつたとしても

大阿蘇

三好達治

雨の中に馬がたつてゐる
一頭二頭仔馬をまじへた馬の群れが　雨の中にたつてゐる
雨は蕭蕭(しょうしょう)と降つてゐる
馬は草をたべてゐる
尻尾も背中も鬣(たてがみ)も　ぐつしよりと濡れそぼつて
彼らは草をたべてゐる
草をたべてゐる
あるものはまた草もたべずに　きよとんとしてうなじを垂れてたつてゐる
雨は降つてゐる　蕭々と降つてゐる
山は煙をあげてゐる

中岳の頂きから　うすら黄ろい　重つ苦しい噴煙が濛々とあがつてゐる
空いちめんの雨雲と
やがてそれはけぢめもなしにつづいてゐる
馬は草をたべてゐる
艸千里浜(くさせんりはま)のとある丘の
雨に洗はれた青草を　彼らはいつしんにたべてゐる
たべてゐる
彼らはそこにみんな静かにたつてゐる
ぐつしよりと雨に濡れて　いつまでもひとつところに　彼らは静かに集
　つてゐる
もしも百年が　この一瞬の間にたつたとしても　何の不思議もないだらう
雨が降つてゐる　雨が降つてゐる
雨は蕭々と降つてゐる

二〇二四年二月九日、京都教育大学附属京都小中学校の実践教育研究会が開催された。私が、国語科の詩の授業が行われる七年生（中学一年生）の教室にはいると、挨拶の言葉を発していた生徒たちが、一瞬私をふりかえり、「戸田先生」と、驚いたような声を出す。私は黙って頭を下げ、窓際に位置を取った。

授業は三好達治の「大阿蘇」。その詩をどう音読するかを話し合う時間だった。モデルのグループが群読し、その音読の仕方について説明を加えていく。詩が醸し出す静けさ、暗さ、重さから、全体「寂し気」な情景を表していると捉えたことを強調し、『「もしも百年がこの一瞬の間にたったとしても」を寂しそうに読みたい』と、彼らは、主張した。（「蕭々」という言葉の重なりにも強く惹かれていたからだろう）

すると一人の女生徒が颯爽と手を上げ、「わたしは寂しそうに読むのではなく、楽しく読みたいと思います」と反論した。説明をしていた生徒は一瞬ことばにつまった。彼女の言葉の「楽しく読む」は、そのことばのままの意味としては受け止められないと直感したのだろう。おそらく、「寂しそうに読む」に対する反対の意味を込めて使った言葉だと受け止めたに違いない。「寂しい」に対する「楽しい」。しかし、彼女の「楽しく」は、詩全体の重くて、もしかしたら病的にも思える静かに降る雨と馬と背景の山から上がる噴煙が、百年という時間さえも超越して存在しているという詩人の感動を捉えた言葉だったように、私には思われた。果たして「大阿蘇」は、モデルグループの主張するとおり、大阿蘇の雨降る風景を通しての作者の寂しい心情を描いた作品だったのかどうか。

私には彼女の姿に見覚えがあった。四年生の時の私の国語の教室に、彼女はいたはずだ。だが、三年前の彼女は、今目の前にいる彼女の姿の中には存在していないようにも思えた。私は四年生の時の彼女が座っていた座席の位置を思い返していた。彼女は、偶然にも、四年生の時の席と全く同じ位置の席に座り、凛と胸を張って、「大阿蘇」の授業に参加している。目立たないおとなしい人だったが、「詩を書くことが好きだ」と言っていた人だった。

私は、彼女の発言に賛成だった。三好達治の「大阿蘇」は、けっして寂しげな風景を描写しているだけではない。時を超越する自然の雄大さを、呆けるように音読したらよい。詩には、詩全体から発せられるイメージというものがある。詩に配置された一つひとつの言葉に拘る前に、詩の巧みな構成〈立っている馬→蕭々と降る雨→草を食べている馬→蕭々と降る雨→山から上がる噴煙→草千里で草を食べている馬（立っている馬・集まっている馬）→（心象）→蕭々と降っている雨という詩人の視線の動き・情景の立体感や広がり〉に着目しながら、詩全体を概観する感性を持っていたいものだ。彼女の「大阿蘇」に向き合う姿勢は、詩に対する基本的な読みの姿勢を示唆しているように、私には思えた。

（女生徒は、四年生時、国民文化祭宮崎の現代詩部門で文部科学大臣賞を受賞している）

*

夕立

真夏のプールを
白い入道雲が渡っていく
子どもたちは
騒(ざわ)めく草原のように
教室に駆け込んでくる
雨の予感が
体の中で蠢いている

ぼくは
緑の黒板に
青いチョークで
横に一筋

線を引く

水の匂いを纏っている子どもも
風の欠片を運んできた子どもも
光の柱を背負ってきた子どもも
青い一本線の上下を見つめる

さあ　君たち
この線の上下に何を見るだろう
雲　鳥　飛行機
波　草　山

線の上に一匹の蟻を置けば
大地が見える
一艘のヨットを置けば
海が見える

太陽が線の向こうから昇ってくれば
地平線にも水平線にもなるだろう

きみたち
生きるっていうことは
つまり
そういうことなんだよ
いつも線に隔てられた向こうに
まだ見ぬ新しい世界を見つけること
ちょうど初めて逆上がりができて
鉄棒の上で腕を踏ん張り
広い運動場を眺めた時のように
新しい自分の始まりに
気づくことなんだ

青い線の向こうから風が吹いてくる

俄かに辺りが暗くなる
雨の匂いがするぞ
もうすぐ稲妻を伴って夕立が
やってくる

掲載作品受賞記録

お葬式 （第63回大垣市文芸祭　文芸祭賞　２０２４）
美しい夕陽 （第59回大垣市文芸祭　佳作　２０１９）
春のメロディ （第48回明石市文芸祭　市長賞　２０２１）
夏色の風 （第7回島崎藤村記念文芸祭　1席　２０１３）
坂 （第22回国民文化祭徳島　徳島県知事賞　２００７）
歯ブラシ （養老町家族・愛の詩　最優秀賞　２０１３）
父を恋ふる文字 （第12回羽生市ふるさとの詩　奨励賞　２０２０）
初蝉 （第28回可児市文芸祭　文芸祭賞　２０２０）
閉店 （第47回岐阜羽島市文芸祭　文芸祭賞　２０２０）
柘榴 （第15回島崎藤村記念文芸祭　2席　２０２２）
灯台がある町 （第16回島崎藤村記念文芸祭　1席　２０２３）
廃船 （第28回野田宇太郎献詩　2席　２０１７）
投身の海 （第37回国民文化祭沖縄　宮古島市長賞　２０２２）
日本のゾウ （第52回北原白秋献詩　3席　２０２１）

海老を買いに　（第60回大垣市文芸祭　秀作　2021）
片葉の葦　（第1回かなざわ現代詩コンクール　優秀賞　2013）
山吹　（大文連創立30周年記念アートフェスティバル「人」入賞　2008）
いとし藤　（第23回国民文化祭茨城　大洗町実行委員会賞　2008）
かくれてへんかー　（第54回詩人会議　新人賞　2020）
少年　（第23回伊東静雄賞　佳作　2012）
ことばに生命を吹き込む　（第9回石川県詩人会コンクール
「いのちをうたう」　奨励賞　2011）
醍醐が育てた一教師人生　（「わが青春は京都に」白河書院月刊「京都」
最優秀作品賞　2005）
人間教師への旅立ち　（第2回徒然草エッセイ大賞　大賞　2019）
色紙に記された小さな手紙　（第11回日本語大賞　佳作　2020）
雲龍寺寮記　（京都新聞「季節のエッセイ」に掲載　2010）
夕立　（第1回西脇順三郎賞　最終選考10作品　2023）

あとがき

第二詩集『嘘八景』を上梓してから、十八年ぶりの詩集出版です。タイトルを、「日溜まりの中の灰」としました。

かつて、「詩なんていうものは、お金にもならないし、何の役にも立たないものだ」と言った著名な詩人がいたそうです。そう言いながらも、その詩人は、人生の長きに渡って、一生懸命、詩を書き続けられました。

私も、その詩人に倣って、長い間、拙い詩作品を書いてきました。この頃、書いていると、なんだかほんわかと、温いものが立ち上がってくるような気がしています。そうして書きあがった詩は、まるで、日溜まりの中に降り積もった人生の「灰」のように感じられます。その「灰」が時折、風に吹かれて、ふんわりと舞い上がるのです。

詩集は、四章に分けました。

Ⅰでは、「ライトヴァース」と呼ばれる軽いタッチの作品を選んでみました。京都の詩人、天野忠氏の作品に学んだ時代が、私にはあります。

Ⅱは、近年の文芸コンクール出品作品・入賞作品を集めました。

Ⅲは、京都を題材にした作品です。「京ことば」は、書かれた詩の世界を、やわらかく包み込み、ほっこりさせてくれます。

Ⅳでは、四十七年間勤め上げた「教育」に関わる詩作品とエッセイを収めました。

表紙には、京都市立芸術大学ＯＧの我が娘水谷天音が描いた「鰯」の絵を使うことにしました。

さて、今回の詩集出版にあたり、生命保険会社に勤務されている竹内真介さんには、多大なる励ましのお言葉をいただきました。ありがとうございました。また、身勝手な文学嗜好を許してくれている家族にも、改めて感謝したいと思います。

最後に、この詩集を編むにあたり、竹林館の左子真由美様には、温かいご助言をいただいたことに、末筆ながら、お礼申し上げます。

令和六年十一月一日

戸田　和樹

戸田 和樹（とだ かずき）

1954年　愛知県に生まれる
1977年　京都教育大学教育学部卒業
　　　　京都市立小学校を経て、京都教育大学附属京都小学校
　　　　（現、教育大学附属京都小中学校）に勤務後、退職
　　　　関西詩人協会会員　メール通信「文学波」主催

著書
2003年　詩集『はんなりとした人々』二上書房
2006年　詩集『嘘八景』新風舎
2006年　童話『ゆーみぃちゃん —きせつをめぐる10のおはなし—』新風舎
2007年　童話『ゆーみぃちゃんのすてきなともだち』新風舎
2007年　記録『まなざし —亡父戸田光雄が残してくれたもの—』私家版

住所　　〒610−1106
　　　　京都市西京区大枝沓掛町13−84　グランドゥール桂坂708
e-mail　kazukitoda0101@ymail.ne.jp

戸田和樹詩集　日溜まりの中の灰

2024年11月10日　第1刷発行

著　者　戸田和樹

発行人　左子真由美
発行所　㈱竹林館
　　　　〒530-0044　大阪市北区東天満2-9-4　千代田ビル東館7階FG
　　　　Tel　06-4801-6111　Fax　06-4801-6112
　　　　郵便振替　00980-9-44593　URL http://www.chikurinkan.co.jp
印刷・製本　モリモト印刷株式会社
　　　　〒162-0813 東京都新宿区東五軒町3-19

ISBN978-4-86000-526-9　C0092

定価はカバーに表示しています。落丁・乱丁はお取り替えいたします。